कालिदासाचे

मेघदूत

कुसुमाग्रज यांचे प्रकाशित काव्यसंग्रह

जीवनलहरी (१९३३)

विशाखा (१९४२)

समिधा (१९४७)

किनारा (१९५२)

कालिदासच मेघदूत (अनुवादित) (१९५६)

मराठी माती (१९६०)

स्वगत (१९६२)

हिमरेषा (१९६४)

वादळवेल (१९६९)

छंदोमयी (१९८२)

मुक्तायन (१९८४)

पाथेय (१९८९)

महावृक्ष (१९९४)

मारवा (१९९९)

अक्षरबाग (१९९९)

थांब सहेली (२०००)

संपादित काव्यसंग्रह

रसयात्रा – संपा. बा.भ.बोरकर व शंकर वैद्य (१९६९)

प्रवासी पक्षी – संपा. शंकर वैद्य (१९८९)

माधवी (गीतकाव्य) – संपा. शांता शेळके (१९९४)

थांब सहेली – संपा. वसंत पाटील, श्री. शं. सराफ,
रेखा भांडारे (२००२)

बालकविता

जाईचा कुंज (१९३६)

श्रावण (१९८५)

बालबोधमेव्यातील कुमुमाग्रज – संपा. पद्मा मोरजे (१९८९)

कालिदासाचे

मेघदूत

कुसुमाग्रज

पॉप्युलर प्रकाशन, मुंबई

कालिदासाचे मेघदूत
(म-१५)
पॉप्युलर प्रकाशन
ISBN 978-81-7185-005-1

KALIDASACHE MEGHDOOT
(Marathi : Poetry)
Translation: Kusumagraj

पहिली आवृत्ती १९५६/१८७८
चौथी आवृत्ती १९९४/१९१६
पाचवी आवृत्ती : २०२१/१९४२
पुनर्मुद्रण : २०२२/१९४४

सजावट : केशव फडके

प्रकाशक
अस्मिता मोहिते
पॉप्युलर प्रकाशन प्रा.लि.
३०१, महालक्ष्मी चेंबर्स
२२, भुलाभाई देसाई रोड
मुंबई ४०० ०२६

अक्षर जुळणी
प्रियांका माटल
४, अब्दुल सत्तार चाळ, फितवाला रोड,
प्रभादेवी, मुंबई ४०० ०१३

मुद्रक
रेप्रो इंडिया लि.
लोअर परेल
मुंबई ४०००१३

Printed at TechShresta Solutions Private Limited, India

पूर्वमेघ

.१.

कश्चित्कान्ताविरहगुरुणा स्वाधिकारात्प्रमत्त
शापेनास्तङ्गमितमहिमा वर्षभोग्येण भर्तुः ।
यक्षश्चक्रे जनकतनयास्नानपुण्योदकेषु
स्निग्धच्छायातरुषु वसतिं रामगिर्याश्रमेषु ॥

सुभग जलाशय — यांत नाहली वनवासी मैथिली
घन वृक्षावळ वितरी शीतल तीरावर सावली
रामगिरीवर यक्ष वसे त्या शापांकित होउनी
वर्षाचा निर्वास ललाटीं — विव्हल विरहानलीं!

.२.

तस्मिन्नद्रौ कतिचिदबलाविप्रयुक्तः स कामी
नीत्वा मासान्कनकवलयभ्रंशरिक्तप्रकोष्ठः ।
आषाढस्य प्रथमदिवसे मेघमाश्लिष्टसानुं
वप्रक्रीडापरिणतगजप्रेक्षणीयं ददर्श ॥

कृश हातांतुन गळून पडलें सोन्याचें कंकण
कामातुर हो हृदय, कामिनी दूर राहिली पण!
आषाढाच्या प्रथम दिनीं त्या दिसे पर्वतावरी
नयनरम्य घन, करी कड्यांवर गज वा क्रीडांगण!

.३.

तस्य स्थित्वा कथमपि पुरः कौतुकाधानहेतो-
रन्तर्बाष्पश्चिरमनुचरो राजराजस्य दध्यौ ।
मेघालोके भवति सुखिनोऽप्यन्यथावृत्ति चेतः
कण्ठाश्लेषप्रणयिनि जने किं पुनर्दूरसंस्थे ॥

मीलनकांक्षी यक्ष राहिला अवलोकित त्या घना
रोधुनि नेत्रांमधील पाणी, सावरुनीया मना,
सुखमय चित्तहि मेघ पाहतां हुरहुरतें, कालवे,
दूर जयाची सखि संगातुर, काय तया यातना!

.४.

प्रत्यासन्ने नभसि दयिताजीवितालम्बनार्थी
जीमूतेन स्वकुशलमयीं हारयिष्यन्प्रवृत्तिम् ।
स प्रत्यग्रैः कुटजकुसुमैः कल्पितार्घाय तस्मै
प्रीतः प्रीतिप्रमुखवचनं स्वागतं व्याजहार ॥

गगनपांथ हा नेइल का संदेश वल्लभेप्रत
श्रावणमासीं असो सखीचें कुशल, असें चिंतित
कुटजफुलांनी अभिनव ज्याला दिधली अर्घ्यांजली
त्या मेघाचें यक्ष पुढें हो करण्याला स्वागत.

.५.

धूमज्योतिः सलिलमरुतां संनिपातः क्व मेघः
संदेशार्थाः क्व पटुकरणैः प्राणिभिः प्रापणीयाः ।
इत्यौत्सुक्यादपरिगणयन्गुह्यकस्तं ययाचे
कामार्ता हि प्रकृतिकृपणाश्चेतनाचेतनेषु ॥

वाहत जीवन, परंतु मेघा जीवित नाही मुळीं
धूम्रबाष्पमय, नेइल का संदेश नेमक्या स्थळीं ?
अंध असे हा प्रणय त्याजला जीवाजीव न दिसे
विवेक सुटुनी कामार्ताची प्रज्ञा हो पांगळी!

.६.

जातं वंशे भुवनविदिते पुष्करावर्तकानां
जानामि त्वां प्रकृतिपुरुषं कामरूपं मघोनः ।
तेनार्थित्वं त्वयि विधिवशाद्दूरबन्धुर्गतोऽहं
याच्ञा मोघा वरमधिगुणे नाधमे लब्धकामा ॥

कामरूप तूं पुष्करकुलजा,— यक्ष म्हणे त्या घना,—
तूं इंद्राचा सचीव, करतों तुझ्यापुढें याचना,
नको अनुग्रह अधमाचा मज त्याहुन वाटे बरी
गुणवंताच्या घरीं निराशा— शल्य तिचें ना मना!

.७.

संतप्तानां त्वमसि शरणं तत्पयोद ! प्रियायाः
संदेशं मे हर धनपतिक्रोधविश्लेषितस्य ।
गन्तव्या ते वसतिरलका नाम यक्षेश्वराणां
बाह्योद्यानस्थितहरशिरश्चन्द्रिकाधौतहर्म्या ॥

एक तुझा जळत्या हृदयांना जलवंता, आसरा
विरहदग्ध मी नेशिल का रे, निरोप माझ्या घरा ?
जाशिल का अलकेस, शिवेवर धवल शिलामंदिरें
गमे वाहतो त्या शिल्पावर चंद्रकरांचा झरा !

.८.

त्वामारूढं पवनपदवीमुद्गृहीतालकान्ताः
प्रेक्षिष्यन्ते पथिकवनिताः प्रत्ययादाश्वसन्त्यः ।
कः संनद्धे विरहविधुरां त्वय्युपेक्षेत जायां
न स्यादन्योऽप्यहमिव जनो यः पराधीनवृत्तिः ॥

भाळावरुनी सारित कुंतल पथिकाच्या कामिनी
नीलपथीं तुज पाहतील मन आश्वासित होउनी,
घनागमीं रे विरहार्तांची विरहदशा संपते,
मीच अभागी, पराधीन मजपरी न कोणी जनीं !

.९.

मन्दं मन्दं नुदति पवनश्चानुकूलो यथा त्वां
वामश्चायं नदति मधुरं चातकस्ते सगन्धः ।
गर्भाधानक्षणपरिचयान्नूनमाबद्धमालाः
सेविष्यन्ते नयनसुभगं खे भवन्तं बलाकाः ॥

मंद गतीनें वाऱ्यावरती जाशिल तूं जेधवां
हर्षभरें हा करील चातक मंजुळ गीतोत्सवा,
गर्भाधानक्षणाचीं चित्रें कल्पित हृदयंगम
धवल पक्षिणींचा तुजपुढती येइल सुंदर थवा!

.१०.

तां चावश्यं दिवसगणनातत्परामेकपत्नी
मव्यापन्नामविहतगतिर्द्रक्ष्यसि भ्रातृजायाम् ।
आशाबन्धः कुसुमसदृशं प्रायशो ह्यङ्गनानां
सद्यःपाति प्रणयि हृदयं विप्रयोगे रुणद्धि ॥

बंधुसखी तव दिसेल तुजला अविहत जाशिल जरी
दिवसामागुन दिवस मोजते, झुरते जरि अंतरीं!
कुसुमासम रमणींचीं हृदये कोमल, कोमेजती
विरहानें, पण आशाबंधन त्यांस सदा सावरी!

.११.

कर्तुं यच्च प्रभवति महीमुच्छिलीन्ध्रामवन्ध्यां
तच्छ्रुत्वा ते श्रवणसुभगं गर्जितं मानसोत्काः ।
आ कैलासाद्बिसकिसलयच्छेदपाथेयवन्तः
संपत्स्यन्ते नभसि भवतो राजहंसाः सहायाः ॥

शीर्ण घरेला फलपुष्पांच्या आश्वासत दौलती
श्रुतिसुंदर तीं तुझी गर्जितें नभिं जेव्हां नादती
राजहंस मुखिं देठ घेउनी कमलांचे कोंवळे
मानसयात्रा करावयास्तव येतिल तुज संगती!

.१२.

आपृच्छस्व प्रियसखममुं तुङ्गमालिङ्ग्य शैलं
वन्द्यैः पुंसां रघुपतिपदैरङ्कितं मेखलासु ।
काले काले भवति भवतो यस्य संयोगमेत्य
स्नेहव्यक्तिश्चिरविरहजं मुञ्चतो बाष्पमुष्णम् ॥

मिरवी देहीं दाशरथाचीं पदचिन्हें मंगल
रामगिरी हा तुला पाहुनी होई स्नेहाकुल,
तुझी प्रतीक्षा करून शिणला, त्याला आलिंगुनी
हिमाचलाच्या मार्गावरती पडो तुझें पाउल!

.१३.

मार्गं तावच्छृणु कथयतस्त्वत्प्रयाणानुरूपं
संदेशं मे तदनु जलद ! श्रोष्यसि श्रोयपेयम् ।
खिन्नः खिन्नः शिखरिषु पदं न्यस्य गन्तासि यत्र
क्षीणः क्षीणः परिलघु पयः स्रोतसां चोपभुज्य ॥

निरोप तुज सांगेन सखीस्तव परंतु करुणाघन,
हवें कराया उचित पथाचें तुजला दिग्दर्शन;
शिणतां काया पहुड जरासा पर्वतशिखरांवर
क्षीण वाटतां नितळ झऱ्यांचें कर पाणी प्राशन.

.१४.

अद्रेः शृङ्गं हरति पवनः किंस्विदित्युन्मुखीभि-
र्दृष्टोत्साहश्चकितचकितं मुग्धसिद्धाङ्गनाभिः ।
स्थानादस्मात्सरसनिचुलादुत्पतोदङ्मुखः खं
दिङ्नागानां पथि परिहरन्स्थूलहस्तावलेपान् ॥

उधळिल वारा शैलशिरें का, भय वाटुनियां उरीं
बघतां वरती, पाहतील तुज सिद्धांच्या सुन्दरी;
वेतलताकुल या भूमींतुन जाइं उत्तरेकडे
चुकवित शुंडाप्रहार दिग्गज करतिल जे अंबरी!

.१५.

रत्नच्छायाव्यतिकर इव प्रेक्ष्यमेतत्पुरस्ता-
द्वल्मीकाग्रात्प्रभवति धनुःखण्डमाखण्डलस्य ।
येन श्यामं वपुरतितरां कान्तिमापत्स्यते ते
बर्हेणेव स्फुरितरुचिना गोपवेषस्य विष्णोः ॥

दूर टेकड्यांवरी उभी हो इंद्रधनुष्याकृती
नवरत्नांच्या तेजोधारा एकत्रित वाहती!
श्यामवर्ण तूं शोभशील त्या दिव्य कमानीमधें
मोरपिसाऱ्यामुळें जसा तो घनश्याम श्रीपती!

.१६.

त्वय्यायत्तं कृषिफलमिति भ्रूविलासानभिज्ञैः
प्रीतिस्निग्धैर्जनपदवधूलोचनैः पीयमानः ।
सद्यःसीरोत्कषणसुरभि क्षेत्रमारुह्य मालं
किंचित्पश्चाह्वज लघुगतिर्भूय एवोत्तरेण ॥

प्रेमभरानें नेत्र निरागस खिळवुनियां तुजवरी
कृषिवलकांता म्हणतिल, आलें हें सौभाग्यच घरीं!
नांगरल्या मातीचा पसरे सुगंध माळावर
सेवित जा तो जलद तेथुनी उत्तर देशांतरीं!

.१७.

त्वामासारप्रशमितवनोपप्लवं साधु मुर्ध्ना
वक्ष्यत्यध्वश्रमपरिगतं सानुमानाम्रकूटः ।
न क्षुद्रोऽपि प्रथमसुकृतापेक्षया संश्रयाय
प्राप्ते मित्रे भवति विमुखः किं पुनर्यस्तथोच्चैः ॥

रानजाळ विझवून, थांबतां श्रांत सख्या होउन
आम्रकूट तुज माथ्यावरती वाहिल आनंदुन;
आठवुनी ऋण क्षुद्रहि करिती मित्रांचा आदर
विशाल अन् उत्तुंग गिरी तो — तसेंच त्याचें मन!

.१८.

छन्नोपान्तः परिणतफलद्योतिभिः काननाम्रै-
स्त्वय्यारूढे शिखरमचलः स्निग्धवेणीसवर्णे।
नूनं यास्यत्यमरमिथुनप्रेक्षणीयामवस्थां
मध्ये श्यामः स्तन इव भुवः शेषविस्तारपाण्डुः ॥

पक्कफलांकित आम्र जयावर, त्या शैलाच्या शिरीं
विराजतां तूं, रंग कृष्ण तव केशकलापापरी,
देवांनींही दृश्य बघावें — वसुंधरेचा स्तन
गौरपीत विस्तार भोंवती श्यामल मध्यावरी!

.१९.

स्थित्वा तस्मिन्वनचरवधूभुक्तकुञ्जे मुहूर्तं
        तोयोत्सर्गद्रुततरगतिस्तत्परं वर्त्म तीर्णः ।
रेवां द्रक्ष्यस्युपलविषमे विन्ध्यपादे विशीर्णां
        भक्तिच्छेदैरिव विरचितां भूतिमङ्गे गजस्य ॥

लतागृहांतुन विहार करती जिथें भिल्लिणी सदा
गिरिवरतीं त्या जरा विसावुन जा पुढती नीरदा,
        विंध्याचा खडकाळ पायथा तेथ पहा वाहती
गजांगचित्रित रेषांसम ती वेगवती नर्मदा.

.२०.

तस्यास्तिक्तैर्वनगजमदैर्वासितं वान्तवृष्टि-
        र्जम्बूकुञ्जप्रतिहतरयं तोयमादाय गच्छेः ।
अन्तःसारं घन ! तुलयितुं नानिलः शक्ष्यति त्वां
        रिक्तः सर्वो भवति हि लघुः पूर्णता गौरवाय ॥

गंध मदाचा जलांत मिसळे वनहत्ती नाहतां
कुठें जांभळी वृक्ष अडविती वेग तिचा धावता,
        सेवुनि तें जल समर्थ व्हावें मत्त समीरापुढें
रितेपणाला मिळे हीनता, पूर्णाला श्रेष्ठता!

.२१.

नीपं दृष्ट्वा हरितकपिशं केसरैरर्धरूढै-
रािविर्भूतप्रथममुकुलाः कन्दलीश्चानुकच्छम् ।
जग्ध्वारण्येष्वधिकसुरभिं गन्धमाघ्राय चोर्व्याः
सारङ्गास्ते जललवमुचः सूचयिष्यन्ति मार्गम् ॥

हिरव्या पिवळ्या कदंबपुष्पांतिल पाहुनि केसर
नवकदलींचे सेवुनि अंकुर नदीकिनाऱ्यावर
गंधवती धरतीचा हुंगित वास वाढता वनीं
सूचित करितिल हरिण तुझा पथ होउनि हर्षातुर.

.२२.

उत्पश्यामि द्रुतमपि सखे ! मत्प्रियार्थं यियासोः
कालक्षेपं ककुभसुरभौ पर्वते पर्वते ते।
शुक्लापाङ्गैः सजलनयनैः स्वागतीकृत्य केकाः
प्रत्युद्यातः कथमपि भवान् गन्तुमाशु व्यवस्येत् ॥

अधीर जरि तूं साधायाला मित्राचें वांछित
गिरीगिरीवर फुलें कुड्यांची करतिल तुज मोहित
आळवतिल तुज सजलनेत्र ते मयूर केकारवें
निर्धारानें सोडुनि जा ती स्नेहाची संगत!

.२३.

पाण्डुच्छायोपवनवृतयः केतकैः सूचिभिन्नै-
नीडारम्भैर्गृहबलिभुजामाकुलग्रामचैत्याः ।
त्वय्यासन्ने परिणतफलश्यामजम्बूवनान्ताः
संपत्स्यन्ते कतिपयदिनस्थायिहंसा दशार्णाः ॥

सुफल सावळ्या पहा जांभळी दशार्ण देशांतरीं
उसासुनी केतकीबनें हो वनसीमा पांढरी
हंसहि येतिल विसावण्याला तेथें कांहीं दिन
ग्रामखगांचीं दिसतिल घरटीं वृक्ष देवळांवरी

.२४.

तेषां दिक्षु प्रथितविदिशालक्षणां राजधानीं
गत्वा सद्यः फलमविकलं कामुकत्वस्य लब्धा ।
तीरोपान्तस्तनितसुभगं पास्यसि स्वादु यस्मा-
त्सभ्रूभङ्गं मुखमिव पयो वेत्रवत्याश्चलोर्मि ॥

विदिशा नगरी तिथें नृपाची, तिजजवळीं पोंचतां
वेत्रवती सरिता तुज सुखविल, श्रवुनि तुझ्या गर्जितां–
भुवई चढवुन प्रणयभरानें तुज ती आमंत्रिल
चंचल अधराचें घे चुंबन — त्यांतच कामार्तता!

.२५.

नीचैराख्यं गिरिमधिवसेस्तत्र विश्रामहेतो-
स्त्वत्संपर्कात्पुलकितमिव प्रौढपुष्पैः कदम्बैः ।
यः पण्यस्त्रीरतिपरिमलोद्गारिभिर्नागराणा-
मुद्दामानि प्रथयति शिलावेश्मभिर्यौवनानि ॥

नगराजवळीं श्रमहरणास्तव तव नीचय पर्वत
कंदबपुष्पें बहरुन होइल प्रेमानें पुलकित!
सुरतगंध त्या गुहांत भरला, रतल्या वारांगना,
पौरजनांच्या तारुण्याची प्रमत्तता दावित!

.२६.

विश्रान्तः सन्व्रज वननदीतीरजातानि सिञ्च-
न्नुद्यानानां नवजलकणैर्युथिकाजालकानि ।
गण्डस्वेदापनयनरुजाक्लान्तकर्णोत्पलानां
छायादानात्क्षणपरिचितः पुष्पलावीमुखानाम् ॥

रम्य जुईचे पुढें ताटवे राननदीच्या तिरीं
भिजतिल कलिका शिंपडतां तूं नाजुक पहिल्या सरी;
कर्णफुलें सुकलेली, टिपती गाल, अशा माळिणी
छायारूपें मुखास्वाद घे त्यांचा तूं क्षणभरीं.

.२७.

वक्रः पन्था यदपि भवतः प्रस्थितस्योत्तराशां
सौधोत्सङ्गप्रणयविमुखो मा स्म भूरुज्जयिन्याः ।
विद्युद्दामस्फुरितचकितैस्तत्र पौराङ्गनानां
लोलापाङ्गैर्यदि न रमसे लोचनैर्वञ्चितोऽसि ॥

वाट वांकडी तरी उदारा, जाइं अवंतीप्रत
भव्य धवल ते सौध पाहुनी होशिल तूं विस्मित
विजा चमकतां, चंचलनयना प्रमदांच्या तेथिल
बघशिल ना जरि लोचनलीला, व्यर्थ तुझें जीवित!

.२८.

वीचिक्षोभस्तनितविहगश्रेणिकाञ्चीगुणायाः
संसर्पन्त्याः स्खलितसुभगं दर्शितावर्तनाभेः ।
निर्विन्ध्यायाः पथि भव रसाभ्यन्तरः सन्निपत्य
स्त्रीणामाद्यं प्रणयवचनं विभ्रमो हि प्रियेषु ॥

किलबिलते खगमाला लहरींवरती — वा मेखला,
जलावर्त वा दावित नाभी, अस्थिरता पावलां
निर्विंध्या ती, लुब्ध तुझ्यावर रसास्वाद घे तिचा
विभ्रमचेष्टा प्रणय सांगती रमणीहृदयांतला!

.२९.

वेणीभूतप्रतनुसलिलासावतीतस्य सिन्धुः
पाण्डुच्छाया तटरुहतरुभ्रंशिभिर्जीर्णपर्णैः ।
सौभाग्यं ते सुभग ! विरहावस्थया व्यञ्जयन्ती ।
कार्श्यं येन त्यजति विधिना स त्वयैवोपपाद्यः ॥

अरुंद झाली सिंधुनदी ती, वेणीसम ओहळ
दरडीवरुनी वृक्ष ढाळती सुकली पर्णावळ
ती पांडुरता कृशता दावी विरहाची वेदना
सुभग तिला कर, दुथडी भरुनी तिचें वाहुं दे जळ!

.३०.

प्राप्यावन्तीनुदयनकथाकोविदग्रामवृद्धा-
न्पूर्वोद्दिष्टामनुसर पुरीं श्रीविशालां विशालाम् ।
स्वल्पीभूते सुचरितफले स्वर्गिणां गां गतानां
शेषैः पुण्यैर्हृतमिव दिवः कान्तिमत्खण्डमेकम् ॥

देश अवंती — वत्सपतीच्या गांवोगांवीं कथा
रमुन सांगती वृद्ध, उदारा, तेथें तूं पोंचतां
वैभवशाली विशाल नगरी उज्जयनी ती पुढें
स्वर्गशलाका ओढुन आणी भूवर कीं साधुता!

.३१.

दीर्घीकुर्वन्पटु मदकलं कूजितं सारसानां
प्रत्यूषेषु स्फुटितकमलामोदमैत्रीकषायः ।
यत्र स्त्रीणां हरति सुरतग्लानिमङ्गानुकूलः
शिप्रावातः प्रियतम इव प्रार्थनाचाटुकारः॥

शिप्रेवरचा पहाटवारा सेवुनि कमलासव
स्पर्श मुलायम, मुखांत सारसगीतांचे मार्दव
रमणींचा रतिशीण वारतो, करूनिया कूजन
प्रियकर जणुं हा—पुन्हा तयांचें करीतसे आर्जव!

.३२.

जालोद्गीर्णैरुपचितवपुः केशसंस्कारधूपै-
र्बन्धुप्रीत्या भवनशिखिभिर्दत्तनृत्योपहारः ।
हर्म्येष्वस्याः कुसुमसुरभिष्वध्वखेदं नयेथा
लक्ष्मीं पश्यंल्ललितवनितापादरागाङ्कितेषु ॥

केशबंध सुकवीत धूप ये कुठें गवाक्षांतुनी
करील तुजला सबल, नाचतिल मोर तुला पाहुनी
पुष्पसुगंधित, ललनांच्या पदरंगानें रंगले
हर्म्य पाहतां मुशाफरीचे श्रम जातिल लोपुनी!

.३३.

भर्तुः कण्ठच्छविरिति गणैः सादरं वीक्ष्यमाणः
पुण्यं यायास्त्रिभुवनगुरोर्धाम चण्डीश्वरस्य ।
धूतोद्यानं कुवलयरजोगन्धिभिर्गन्धवत्या-
स्तोयक्रीडानिरतयुवतिस्नानतिक्तैर्मरुद्भिः ॥

गंधवतीवर नाहत युवती, सुवास चेतोहर
वाहत वारा, घेउन संगें कमलांचे केसर
त्या लहरींसह पावन हो तूं पाहुन चंडीश्वरा
नीलवर्ण तव पाहुनि करितिल शैव तुझा आदर.

.३४.

अप्यन्यस्मिञ्जलधर ! महाकालमासाद्य काले
स्थातव्यं ते नयनविषयं यावदत्येति भानुः ।
कुर्वन्संध्याबलिपटहतां शूलिनः श्लाघनीया-
मामन्द्राणां फलमविकलं लप्स्यसे गर्जितानाम् ॥

महाकाल तें मंगल मेघा, जागृत तेथें शिव
अकालिं जातां अस्त होइतों काल जरा घालव
प्रदोषपूजा होउं लागतां घुमव तुझा चौघडा
शिवसेवेनें कृतार्थ होइल नाद तुझा भैरव!

.३५.

पादन्यासैः क्वणितरशनास्तत्र लीलावधूतै
रत्नच्छायाखचितवलिभिश्चामरैः क्लान्तहस्ताः ।
वेश्यास्त्वत्तो नखपदसुखान्प्राप्य वर्षाग्रबिन्दू-
नामोक्ष्यन्ते त्वयि मधुकरश्रेणिदीर्घान्कटाक्षान् ॥

चरणगतींने कमरेवरच्या किणकिणती मेखला
मणिरत्नांकित चवऱ्या वारुन शिणलेल्या कोमला
नखक्षतांना सुखवित पहिलें ज्यांच्या जलसिंचन
भ्रमरनेत्र खिळवून पाहतिल तिथें भाविणी तुला!

.३६.

पश्चादुच्चैर्भुजतरुवनं मण्डलेनाभिलीनः
सान्ध्यं तेजः प्रतिनवजपापुष्परक्तं दधानः ।
नृत्यारम्भे हर पशुपतेरार्द्रनागाजिनेच्छां
शान्तोद्वेगस्तिमितनयनं दृष्टभक्तिर्भवान्या ॥

उभारलेल्या भुजा शिवाच्या, त्यांवर हो कंकण
जास्वंदीसम नव संध्येचें तेज करी धारण
तूंच आर्द्र हो चर्म गजाचें प्रभु करितां तांडव
अभय होउनी करिल उमा मग स्नेहानें प्रेक्षण!

.३७.

गच्छन्तीनां रमणवसतिं योषितां तत्र नक्तं
        रुद्धालोके नरपतिपथे सूचिमेद्यैस्तमोभिः ।
सौदामन्या कनकनिकषस्निग्धया दर्शयोर्वीं
        तोयोत्सर्गस्तनितमुखरो मा स्म भूर्विक्लवास्ताः ॥

काळोखांतुनि जातां प्रमदा कुणी प्रियाच्या घरीं
विजा विहरुं दे निकषावरच्या कांचनरेषेपरी
तिमिरांतुनि त्या मार्ग दावतिल, नको गर्जना करूं
नको बरसुं रे, भयशाली त्या स्वभावता सुंदरी!

.३८.

तां कस्यांचिद्भवनवलभौ सुप्तपारावतायां
        नीत्वा रात्रिं चिरविलसनात्खिन्नविद्युत्कलत्रः ।
दृष्टे सूर्ये पुनरपि भवान्वाहयेदध्वशेषं
        मन्दायन्ते न खलु सुहृदामभ्युपेतार्थकृत्याः ॥

विलास करुनी थकून जातां कांता सौदामिनी,
जिथें पारवे विसावले त्या सौधावर जाउनी
रात्रभरीं विश्रांत सख्या हो, होतां सूर्योदय
वाटचाल कर, कार्य प्रियांचे नित्य असावें मनीं.

.३९.

तस्मिन्काले नयनसलिलं योषितां खण्डितानां
शान्तिं नेयं प्रणयिभिरतो वर्त्म भानोस्त्यजाशु ।
प्रालेयास्रं कमलवदनात्सोऽपि हर्तुं नलिन्याः
प्रत्यावृत्तस्त्वयि कररुधि स्यादनल्पाभ्यसूयः ॥

प्रभातकालीं प्रियकर पुसती रमणींची आसवें
मानखंडिता — कारण रत ते रात्रीं अन्यांसवें;
सूर्यहि टिपतो पुष्करिणीच्या कमलावरचें दंव
आडवितां कर, कोप तयाचा तुजवरतीं संभवे!

.४०.

गम्भीरायाः पयसि सरितश्चेतसीव प्रसन्ने
छायात्मापि प्रकृतिसुभगो लप्स्यते ते प्रवेशम् ।
तस्मादस्याः कुमुदविशदान्यर्हसि त्वं न धैर्या-
न्मोघीकर्तुं चटुलशफरोद्वर्तनप्रेक्षितानि ॥

गंभीरेच्या नितळ जलीं — वा हृदयीं प्रेमातुर
तव रूपाची पडेल छाया स्वभावता सुंदर
नलिनीसम ते धवल खेळती मासे लहरींवरी
कटाक्ष ते सरितेचे, तिजशीं होउं नको निष्ठुर!

.४१.

तस्याः किंचित्करधृतमिव प्राप्तवानीरशाखं
नीत्वा नीलं सलिलवसनं मुक्तरोधोनितम्बम् ।
प्रस्थानं ते कथमपि सखे ! लम्बमानस्य भावि
ज्ञातास्वादो विवृतजघनां को विहातुं समर्थः ॥

तिच्या जलाचा सुनील शालू कटीतटाहुन सरे
सावरतां गर्दीत कराने, वेतलतांवर चिरे
वस्त्र ओढुनी तिथें थांबतां, प्रयाण व्हावें कसें?
अंक अनावृत सोडुनि जाइल रसिक कोणता बरें!

.४२.

त्वन्निष्यन्दोच्छ्वसितवसुधागन्धसंपर्करम्यः
स्त्रोतोरन्ध्रध्वनितसुभगं दन्तिभिः पीयमानः ।
नीचैर्वास्यत्युपजिगमिषोर्देवपूर्वं गिरिं ते
शीतो वायुः परिणमयिता काननोदुम्बराणाम् ॥

तहान शमतां श्वास टाकिते धरती गंधांकित
सेवन करिती सोंडेनें गज होउनि आनंदित
समीर ते पिकवीत काननामधील औदुंबर
देवगिरीला येतिल मेघा, तुजसंगे वाहत.

.४३.

तत्र स्कन्दं नियतवसतिं पुष्पमेघीकृतात्मा
पुष्पासारैः स्नपयतु भवान् व्योमगङ्गाजलार्द्रैः ।
रक्षाहेतोर्नवशशिभृता वासवीनां चमूना-
मत्यादित्यं हुतवहमुखे संभृतं तद्धि तेजः ।

कार्तिकेय तो जन्म जयाचा हो शिवतेजांतुन
मुनिवर तेथें वसे करोनि इंद्राचें पालन!
कामरूप तूं—धारण करुनी पुष्पाची आकृती
व्योमनदीच्या करीं जलानें त्याला अभिसिंचन.

.४४.

ज्योतिर्लेखावलयि गलितं यस्य बर्हं भवानी
पुत्रप्रेम्णा कुवलयदलप्रापि कर्णे करोति ।
धौतापाङ्गं हरशशिरुचा पावकेस्तं मयूरं
पश्चादद्रिग्रहणगुरुभिर्गर्जितैर्नर्तयेथाः ॥

मयूर तेथें, पीस तयांचें ज्योतिर्वलयांकित
वत्सल गौरी कमलदलासम कानावरि खोवित,
चंद्रकरांनी धुतल्या ज्याच्या नीलाक्षांच्या कडा
नाचव त्याला घुमवुनि अपुलें गिरीमधें गर्जित!

.४५.

आराध्यैनं शरवणभवं देवमुल्लङ्घिताध्वा
सिद्धद्वन्द्वैर्जलकणभयाद्वीणिभिर्मुक्तमार्गः ।
व्यालम्बेथाः सुरभितनयालम्भजां मानयिष्यन्
स्रोतोमूर्त्या भुवि परिणतां रन्तिदेवस्य कीर्तिम् ॥

गांगेयाचें करून पूजन जा पुढती, सिद्ध ते—
भय वर्षेचें वाटुन करतिल मार्ग तुझे रे रिते
पुढें चंबला नदी, घडीभर भाविकतेनें रहा
रंतिनृपाच्या गोयज्ञांची कीर्तिच ती वाहते!

.४६.

त्वय्यादातु जलमवनते शार्ङ्गिणो वर्णचौरे
तस्याः सिन्धोः पृथुमपि तनुं दूरभावात्प्रवाहम् ।
प्रेक्षिष्यन्ते गगनगतयो नूनमावर्ज्य दृष्टी-
रेकं मुक्तागुणमिव भुवः स्थूलमध्येन्द्रनीलम् ॥

नीलवर्ण तूं जल सेवाया लवतां सरितेवरी
विशाल तरि ती निरुंद त्यांना, पथ ज्यांचा अंबरीं
सुरादि म्हणतिल क्षमाकटीवर मौक्तिकमाला दिसे
इंद्रनील रत्नांची झळके मध्यावर मंजरी!

.४७.

तामुत्तीर्य व्रज परिचितभ्रूलताविभ्रमाणां
पक्ष्मोत्क्षेपादुपरि विलसत्कृष्णशारप्रभाणाम् ।
कुन्दक्षेपानुगमधुकरश्रीमुषामात्मबिम्बं
पात्रीकुर्वन् दशपुरवधूनेत्रकौतूहलानाम् ॥

पुढें पथावर दशपुरनगरी, रम्य तिथें भामिनी
जरा विसावुन पहा तयांच्या नजरेची मोहिनी
वरी पापण्या करून बघतां, रंगशलाका किती
कुंदफुलांसह हेलकावती काय अली लोभुनी!

.४८.

ब्रह्मावर्तं जनपदमथ च्छायया गाहमानः
क्षेत्रं क्षत्रप्रधनपिशुनं कौरवं तद्भजेथाः ।
राजन्यानां शितशरशतैर्यत्र गाण्डीवधन्वा
धारापातैस्त्वमिव कमलान्यभ्यवर्षन्मुखानि ॥

ब्रह्मावर्तामधून जातां कुरुक्षेत्र तें पुढें
ज्या भूमीवर अशेष भारत पराक्रमानें लढे
अमित टाकले पार्थानें शर भूपालांच्या शिरीं
जसे घालसी तूं कमलांवर जलधारांचे सडे!

.४९.

हित्वा हालामभिमतरसां रेवतीलोचनाङ्कां
बन्धुप्रीत्या समरविमुखो लाङ्गली याः सिषेवे।
कृत्वा तासामभिगममपां सौम्य ! सारस्वतीना-
मन्तःशुद्धस्त्वमपि भविता वर्णमात्रेण कृष्णः ॥

मदिरा — मिसळे जींत सखीच्या कटाक्ष नेत्रांतिल –
सोडुनिया बलराम प्यायला सरस्वतीचे जल
प्राशन करुनी पुण्य तीर्थ तें तूंही हो पावन
अमल शुद्धता येइल हृदया, अंग असो श्यामल!

.५०.

तस्माद्गच्छेरनुकनखलं शैलराजावतीर्णां
जह्नोः कन्यां सगरतनयस्वर्गसोपानपङ्क्तिम् ।
गौरीवक्त्रभ्रुकटिरचनां या विहस्येव फेनैः
शंभोः केशग्रहणमकरोदिन्दुलग्नोर्मिहस्ता ॥

विहारुनी शिवजटांत धरिला लाटांनीं हिमकर
फेंस न, उमले हास्य, उमेचा पाहुनिया मत्सर
सरितांतिल ती श्रेष्ठ जान्हवी — सगरसुतांना जिनें
होउनिया सोपान दाविलें स्वर्गाचें मंदिर!

.५१.

तस्याः पातुं सुरगज इव व्योम्नि पश्चार्धलम्बी
त्वं चेदच्छस्फटिकविशदं तर्कयेस्तिर्यगम्भः ।
संसर्पन्त्या सपदि भवतः स्रोतसि च्छाययासौ
स्यादस्थानोपगतयमुनासङ्गमेवाभिरामा ॥

क्षितिजावरती तिरकस होउन लवशिल थोडा तळीं
ऐरावत वा — तृषा भागवीं या गंगेच्या जळीं
नील तुझें प्रतिबिंब मिसळतां धवल जान्हवीमधें
गमेल झाला गंगायमुनासंगम भलत्या स्थळीं!

.५२.

आसीनानां सुरभितशिलं नाभिगन्धैर्मृगाणां
तस्या एव प्रभवमचलं प्राप्य गौरं तुषारैः ।
वक्ष्यस्यध्वश्रमविनयने तस्य शृङ्गे निषण्णः
शोभां शुभ्रत्रिनयनवृषोत्खातपङ्कोपमेयाम् ॥

शिलांवरी कस्तुरी मृगांचा सुवास हृदयंगम
भागिरथीचें उगमस्थल तें, हरतिल सारे श्रम
शैलावर त्या धवल बैसशिल, दिसेल तेव्हां जणूं
नंदीनें उकरून काढला हिमभूवर कर्दम!

.५३.

तं चेद्वायौ सरति सरलस्कन्धसंघट्टजन्मा
बाधेतोल्काक्षपितचमरीबालभारो दवाग्निः ।
अर्हस्येनं शमयितुमलं वारिधारासहस्रै-
रापन्नार्तिप्रशमनफलाः संपदो ह्युत्तमानाम् ॥

पेटुनि वणवा देवतरूंचे दाहक होतां बन
केशभार धेनूंचा जाळिल उडणारें इंधन
हिमाचलासहि तापद, ओती सहस्र धारा तुझ्या
दुःखनिवारण दलितांचे हें साधुजनांचे धन!

.५४.

ये संरम्भोत्पतनरभसाः स्वाङ्गभङ्गाय तस्मि-
न्मुक्ताध्वानं सपदि शरभा लङ्घयेयुर्भवन्तम् ।
तान्कुर्वीथास्तुमुलकरकावृष्टिपातावकीर्णान्
के वा न स्युः परिभवपदं निष्फलारम्भयत्नाः ॥

शरभ तिथें करतील तुझ्यासह उगाच रण तुंबळ
करूनि घेतिल निज देहांची व्यर्थचि तारांबळ
हिमकणिकांच्या रिचवुनि राशी पळव तयांना वनीं
विफल ध्येय तर धडपडण्याचें हेंच अखेरीं फळ!

.५५.

तत्र व्यक्तं दृषदि चरणन्यासमर्धेन्दुमौले:
शश्वत्सिद्धैरुपचितबलिं भक्तिनम्रः परीयाः ।
यस्मिन्दृष्टे करणविगमादूर्ध्वमुद्धूतपापाः
संकल्पन्ते स्थिरगणपदप्राप्तये श्रद्दधानाः ॥

तिथें शिलेवर शिवचरणाची खूण असे पावन
योगी पुरुषांनीं केलेलें सतत तिचें पूजन
भावभक्तिनें प्रदक्षिणा कर त्या स्थानाभोंवतीं
शाश्वत पद भक्तांस देत ती सरतां हें जीवन.

.५६.

शब्दायन्ते मधुरमनिलैः कीचकाः पूर्यमाणाः
संसक्ताभिस्त्रिपुरविजयो गीयते किंनरीभिः ।
निर्ह्रादस्ते मुरज इव चेत्कन्दरेषु ध्वनिः स्या
त्संगीतार्थो ननु पशुपतेस्तत्र भावी समग्रः ॥

वेळूंमधुनी वारा भरतां उमटे मंजुळ रव
जमून किन्नर–महिला गाती उमेश्वराचा स्तव
मृदंग झडतां गभीर तेथें गिरीदरींतुन तुझा
गायनवादन पूर्ण व्हायचें प्रसन्न करण्या शिव!

.५७.

प्रालेयाद्रेरुपतटमतिक्रम्य तांस्तान्विशेषान्
हंसद्वारं भृगुपतियशोवर्त्म यत्क्रौञ्चरन्ध्रम् ।
तेनोदीचीं दिशमनुसरेस्तिर्यगायामशोभी
श्यामः पादो बलिनियमनाभ्युद्यतस्येव विष्णोः ॥

क्रौंच गिरींतिल रंध्र, जयांतुन जाती हंसावली
अमर पताका भृगुराजाच्या धनुर्बलाची भली!
तिरपा होउन जातां त्यांतुन दिसेल शोभा तुझी
चरण जणूं हरि श्यामल उचली जिंकायासी बली!

.५८.

गत्वा चोर्ध्वं दशमुखभुजोच्छ्वासितप्रस्थसंधेः
कैलासस्य त्रिदशवनितादर्पणस्यातिथिः स्याः ।
शृङ्गोच्छ्रायैः कुमुदविशदैर्यो वितत्य स्थितः खं
राशीभूतः प्रतिदिनमिव त्र्यम्बकस्याट्टहासः ॥

दशाननानें हालविलेला, दिसेल जातां वरी
सुरांगनांचा भव्य आरसा — कैलासाचा गिरी!
कमलधवल तीं विशाल शिखरें पाहुनियां वाटतें
उमेश्वराचें विकट हास्य हें साचतसे अंबरीं!

.५९.

उत्पश्यामि त्वयि तटगते स्निग्धभिन्नाञ्जनाभे
सद्यःकृत्तद्विरददशनच्छेदगौरस्य तस्य ।
शोभामद्रेः स्तिमितनयनप्रेक्षणीयां भवित्री-
मंसन्यस्ते सति हलभृतो मेचके वाससीव ॥

कृष्ण काजळापरी स्निग्ध तूं, जातां त्या पर्वता
हस्तिदंत नुकताच कापला असली ज्या शुभ्रता
बलभद्रचि हा गमेल, कांबळ काळी खांद्यावरी
धारण करुनी उभा, अहो त्या दृश्याची दिव्यता!

.६०.

हित्वा तस्मिन्भुजगवलयं शंभुना दत्तहस्ता
क्रीडाशैले यदि च विचेत्पादचारेण गौरी ।
भङ्गीभक्त्या विरचितवपुः स्तम्भितान्तर्जलौघः
सोपानत्वं कुरु मणितटारोहणायाग्रयायी ॥

टाकुनिया सर्पाचें कंकण, हातीं धरुनी जर
गिरिजेचा कर, चालत आले भूवरतीं शंकर,
होउनिया घनरूप लागण्या मंगल तीं पावलें
रत्नतटीं चढण्यास पायरी निज देहाची कर!

.६१.

तत्रावश्यं वलयकुलिशोद्धट्टनोद्गीर्णतोयं
नेष्यन्ति त्वां सुरयुवतयो यंत्रधारागृहत्वम् ।
ताभ्यो मोक्षस्तव यदि सखे ! घर्मलब्धस्य न स्यात् ।
क्रीडालोलाः श्रवणपरुषैर्गर्जितैर्भाययेस्ताः ॥६१॥

जलधारा झिरपतां तुझ्यांतुन रत्नस्पर्शे घना,
स्नानगृह करितील तुझें त्या निश्चित देवांगना.
ग्रीष्मांतहि सुख जलसेकाचें घेतिल त्या रंगुनी
मुक्त न होतां लौकर, भिववीं करुनि तयां गर्जना!

.६२.

हेमाम्भोजप्रसवि सलिलं मानसस्याददानः
कुर्वन्कामं क्षणमुखपटप्रीतिमैरावतस्य ।
धुन्वन्कल्पद्रुमकिसलयान्यंशुकानीव वातै-
र्नानाचेष्टैर्जलद ! ललितैर्निर्विशेस्तं नगेन्द्रम् ॥६२॥

सुवर्णकमळें ज्यांत उसासत, मानसजल सेवुन
सुरगज करतां विहार घडिभर त्यां हो अच्छादन,
कल्पतरूंचे किसलय कोमल हेलावी रेशमी
अमित सुखांचें त्या शैलावर तुजला आलोभन!

.६३.

तस्योत्सङ्गे प्रणयिन इव स्रस्तगङ्गादुकूलां
न त्वं दृष्ट्वा न पुनरलकां ज्ञास्यसे कामचारिन् !।
या वः काले वहति सलिलोद्गारमुच्चैर्विमाना
मुक्ताजालग्रथितमलकं कामिनीवाभ्रवृन्दम् ॥६३॥

कैलासाच्या मांडीवर ती माझी अलकापुरी
ढळलेला गंगेचा शालू—मुग्ध कामिनीपरी,
उंच महालामुळें जाण ती वर्षाकालामधें
मोत्यांच्या वेणीसम घाली मेघमालिका शिरीं!

उत्तरमेघ

.१.

विद्युत्वन्तं ललितवनिताः सेन्द्रचापं सचित्राः
संगीताय प्रहतमुरजाः स्निग्धगम्भीरघोषम् ।
अन्तस्तोयं मणिमयभुवस्तुङ्गमभ्रंलिहाग्राः
प्रासादास्त्वां तुलयितुमलं यत्र तैस्तैर्विशेषैः ॥

अलका नगरी — महाल तेथिल गगनाला स्पर्शती,
त्यांत सुचित्रें इंद्रधनूसम, मृदंगरव नादती,
जलकणिकांपरि भूवर रत्नें, विजाच त्या भामिनी,
यथार्थतेनें साम्य दाविितिल तव रूपासंगती!

.२.

हस्ते लीलाकमलमलके बालकुन्दानुविद्धं
नीता लोध्रप्रसवरजसा पाण्डुतामानने श्रीः ।
चूडापाशे नवकुरबकं चारु कर्णे शिरीषं
सीमन्ते च त्वदुपगमजं यत्र नीपं वधूनाम् ॥

विलासिनींच्या करांत शोभे तेथें कमलावली
कुंदफुलें मिरविती काजळी केशकलापांतलीं
भांगामध्यें कदंब, कानीं शिरसाची मंजिरी
लोध्र परागांसवें मुखश्री पांडुरता पावली.

.३.

आनन्दोत्थं नयनसलिलं यत्र नान्यैर्निमित्तै-
नान्यस्तापः कुसुमशरजादिष्टसंयोगसाध्यात् ।
नाप्यन्यस्मात्प्रणयकलहाद्विप्रयोगोपपत्ति-
र्वित्तेशानां न च खलु वयो यौवनादन्यदस्ति ॥

तिथें आसवें आनंदाचीं केवळ नेत्रांतुन
दाह तिथें मदनाचा केवळ होय न जों मीलन
वियोग तेथें घडतो केवळ प्रणयी कलहामुळें
वय तेथें ना अन्य कुणाला तारुण्यावांचुन!

.४.

यस्यां यक्षाः सितमणिमयान्येत्य हर्म्यस्थलानि
ज्योतिश्छायाकुसुमरचितान्युत्तमस्त्रीसहायाः ।
आसेवन्ते मधु रतिफलं कल्पवृक्षप्रसूतं
त्वद्गम्भीरध्वनिषु शनकैः पुष्करेष्वाहतेषु ॥

स्फटिक मण्यांनीं खचलेले तल सौध असे तेथले
नक्षत्रांच्या प्रतिबिंबांचीं त्यावर रात्रीं फुलें
मृदंग घुमतां प्राशन करिती यक्ष कामिनींसह
कल्पलतांची सुरा, जिच्यांतुन रतिमद ओथंबले!

.५.

मन्दाकिन्याः सलिलशिशिरैः सेव्यमाना मरुद्भि-
मन्दाराणामनुतटरुहां छायया वारितोष्णाः ।
अन्वेष्टव्यैः कनकसिकतामुष्टिनिक्षेपगूढैः
संक्रीडन्ते मणिभिरमरप्रार्थिता यत्र कन्याः

मंदारांची सुखद सावली नदीकिनाऱ्यावर
शीतल गंगाजलांत न्हाऊनि वारा हो मंथर
सुवर्ण रेतीमधें खेळती रोवुनि कर नंदिनी
खेळ मण्यांचा, सुरहि वांछिती तो नवतीचा भर!

.६.

नीवीबन्धोच्छ्वसितशिथिलं यत्र बिम्बाधराणां
क्षौमं रागादनिभृतकरेष्वाक्षिपत्सु प्रियेषु ।
अर्चिस्तुङ्गानभिमुखमपि प्राप्तरत्नप्रदीपान्
ह्रीमूढाना भवति विफलप्रेरणा चूर्णमुष्टिः ॥

सैल निरी ओढितां सख्यानें वसन रेशमी गळे
रूपगर्विता बावरती, ना काय करावें कळे
दिवे मालवावया उधळती गुलाल हातांतला
असती पण ते पुंज हिऱ्यांचे, प्रकाश ना मावळे!

.७.

नेत्रा नीताः सततगतिना यद्विमानाग्रभूमी-
रालेख्यानां नवजलकणैर्दोषमुत्पाद्य सद्यः ।
शङ्कास्पृष्टा इव जलमुचस्त्वादृशा जालमार्गै-
र्धूमोद्गारानुकृतिनिपुणा जर्जरा निष्पतन्ति ॥

सलील घन ते सौधावरुनी वाऱ्याच्या संगती
शिरुनि मंदिरीं अमोल चित्रें पाण्यानें नासती
होउनि मग भयभीत पिंजुनी स्वतांस घेती त्वरें
धुराप्रमाणें गवाक्षांतुनी पळ वेगें काढती!

.८.

यस्त्र स्त्रीणां प्रियतमभुजालिङ्गनोच्छ्वासितानामङ्गलानिं सुरतजनितां तन्तुजालावलम्बाः ।
त्वत्संरोधापगमविशदैश्चन्द्रपादैर्निशीथे
व्यालुम्पन्ति स्फुटजललवस्यन्दिनश्चन्द्रकान्ताः ॥

उत्तर रात्रीं गगन निवळतां नितळ शशीचे कर,
द्रवुनि छतांतिल चंद्रकांत, रस गळे मंचकावर
रमणांच्या विळख्यांतुनि झाल्या मुक्त तिथें अंगना,
शीण रतीचा वारतील ते रत्नांचे पाझर!

.९.

अक्षय्यान्तर्भवननिधयः प्रत्यहं रक्तकण्ठै
　　रुद्गायद्भिर्धनपतियशः किंनरैर्यत्र सार्धम् ।
वैभ्राजाख्यं विबुधवनितावारमुख्यासहाया
　　बद्धालापा बहिरुपवनं कामिनो निर्विशन्ति ॥

वैभवशाली घरांत ज्यांच्या अचल राहतें धन
कूजन करिती सुरांगनांसह जेथ विलासी जन
　　नगरशिवेवर उपवन, करिती विहार तेथें सदा
किन्नर गाती यक्षपतीचें मंजुळ संकीर्तन.

.१०.

गत्युत्कम्पादलकपतितैर्यत्र मन्दारपुष्पैः
　　पत्रच्छेदैः कनककमलैः कर्णविभ्रंशिभिश्च ।
मुक्ताजालैः स्तनपरिसरच्छिन्नसूत्रैश्च हारै-
　　र्नैशो मार्गः सवितुरुदये सूच्यते कामिनीनाम् ॥

सूर्योदयिं दिसतील तुला त्या नगरीं जलवाहका,
पथिं गळलेल्या शीर्ण फुलांच्या वेणींतुनि मालिका,
　　हार गळ्यामधुनी तुटलेले कानांतिल कुंडलें,
जाण रात्रिं त्या मार्गें गेल्या अधीर अभिसारिका!

.११.

मत्वा देवं धनपतिसखं यत्र साक्षाद्वसन्तं
प्रायश्चापं न वहति भयान्मन्मथः षट्पदज्यम् ।
सभ्रूभङ्गप्रहितनयनैः कामिलक्ष्येष्वमोघै-
स्तस्यारम्भश्चतुरवनिताविभ्रमैरेव सिद्धः ॥

वास करी तो यक्षपतीचा सखा इथें शंकर
ओळखुनी हें मदन लाविना भ्रमरधनूला शर;
परंतु वनिता तिथें विंधिती नेत्रशरांनीं प्रियां
शृंगारीं त्या चतुर सुंदरी — कशास कुसुमाकर?

.१२.

वासश्चित्रं मधु नयनयोर्विभ्रमादेशदक्षं
पुष्पोद्भेदं सह किसलयैर्भूषणानां विकल्पान् ।
लाक्षारागं चरणकमलन्यासयोग्यं च यस्या-
मेकः सूते सकलमबलामण्डनं कल्पवृक्षः ॥

विविध मुलायम शालदुशाला, मादक मद्यासव —
कटाक्षलीलांचें जें शिकवी नेत्रांना लाघव,
रंगविण्याला चरण लाल रस, सपर्ण पुष्पें तशीं
कल्पतरू दे तिथें भूषणें सारीं ललनेस्तव!

.१३.

तत्रागारं धनपतिगृहानुत्तरेणास्मदीयं
दूराल्लक्ष्यं सुरपतिधनुश्चारुणा तोरणेन ।
यस्योपान्ते कृतकतनयः कान्तया वर्धितो मे
हस्तप्राप्यस्तबकनमितो बालमन्दारवृक्षः ॥

यक्षपतीच्या तिथें निवासाजवळीं माझें घर
इंद्रधनुष्यापरी मनोरम तोरण दारावर,
पुत्रासम कान्तेनें माझ्या वाढविलेला तरू
मंदाराचा पलीकडे, ये हाताशीं मोहर.

.१४.

वापी चास्मिन्मरकतशिलाबद्धसोपानमार्गा
हैमैश्छन्ना विकचकमलैः स्निग्धवैदूर्यनालैः ।
यस्यास्तोये कृतवसतयो मानसं संनिकृष्टं
नाध्यास्यन्ति व्यपगतशुचस्त्वामपि प्रेक्ष्य हंसाः ॥

विहीर तेथें, आंत पायऱ्यांवर पाचूंचे खडे
कांचनकमलें, मृदु देठावर वैदूर्यच वा जडे
जलामधें त्या हंस नांदती अनेक आनंदुनी
बघुनीही तुज म्हणतिल जाणें नको मानसाकडे!

.१५.

तस्यास्तीरे रचितशिखरः पेशलैरिन्द्रनीलैः
क्रीडाशैलः कनककदलीवेष्टनप्रेक्षणीयः ।
मद्गेहिन्याः प्रिय इति सखे ! चेतसा कातरेण
प्रेक्ष्योपान्तस्फुरिततडितं त्वां तमेव स्मरामि ॥

तिथें विहारा टेक बांधला रचुनी रत्नें निळीं
चहुंबाजूंनीं त्यास वेढिती सोनेरी कर्दळी,
मम कांतेचें आवडतें स्थळ, आठव होई मला,
विजा उजळती तनू जेधवां तुझी निळीसावळी.

.१६.

रक्ताशोकश्चलकिसलयः केसरश्चात्र कान्तः
प्रत्यासन्नौ कुरबकवृतेर्माधवीमण्डपस्य ।
एकः सख्यास्तव सह मया वामपादाभिलाषी
काङ्क्षत्यन्यो वदनमदिरां दोहदच्छद्मनास्याः ॥

अशोक आणिक बकुल मिरविती नव पर्णांची कळा
लाल लतांचे पाश वेढिती त्या वृक्षांच्या गळां,
एक सखीच्या वाम पदाची अभिलाषा बाळगी
दुसरा वांछी तिच्या मुखांतुन द्राक्षार्काच्या चुळा!

.१७.

तन्मध्ये च स्फटिकफलका काञ्चनी वासयष्टि-
        र्मूले बद्धा मणिभिरनतिप्रौढवंशप्रकाशैः ।
तालैः शिञ्जावलयसुभगैर्नर्तितः कान्तया मे
        यामध्यास्ते दिवसविगमे नीलकण्ठः सुहृद्वः ॥

दोन तरूंच्या मधें चौथरा पाचूंचा बांधला
कनकशलाका वरती, खालीं शुभ्र हिऱ्यांची शिला
        त्यावर बसुनी मोर, सखीचीं रुमझुमतां कंकणें
सायंकाळीं त्या तालावर नाचतसे प्रेमला!

.१८.

एभिः साधो! हृदयनिहितैर्लक्षणैर्लक्षयेथा
        द्वारोपान्ते लिखितवपुषौ शङ्खपद्मौ च दृष्ट्वा ।
क्षामच्छायं भवनमधुना मद्वियोगेन नूनं
        सूर्यापाये न खलु कमलं पुष्यति स्वामभिख्याम् ॥

निवास माझा दिसेल चतुरा, विसंबतां यावर,
पद्मादिक शिवमंगल चिन्हें भूषविती परिसर
        उदासीनता वेढुन बसली असेल, नाहीं धनी,
मान टाकतें कमल कोमुनी मावळतां भास्कर!

.१९.

गत्वा सद्यः कलभतनुतां शीघ्रसंपातहेतोः
क्रीडाशैले प्रथमकथिते रम्यसानौ निषण्णः ।
अर्हस्यन्तर्भवनपतितां कर्तुमल्पाल्पभासं
खद्योतालीविलसितनिभां विद्युदुन्मेषदृष्टिम् ॥

उतर खालतीं बालगजासम मितदेही होउन,
त्या शैलाच्या शिखरावरतीं तुज हो रत्नासन,
मंद विजांचें तेज फुलव जणुं लुकलुकती काजवे
नेत्र तुझे ते वेध घेउं दे तिचा निवासांतुन.

.२०.

तन्वी श्यामा शिखरिदशना पक्वबिम्बाधरोष्ठी
मध्ये क्षामा चकितहरिणीप्रेक्षणा निम्ननाभिः ।
श्रोणीभारादलसगमना स्तोकनम्रा स्तनाभ्यां
या तत्र स्याद्युवतिविषये सृष्टिराद्येव धातुः

देह मुलायम, दांत मनोहर, अधर तोंडल्यापरी,
उदरकटी कृश, चकित मृगासम नजर जरा बावरी,
स्तनभारानें लवली किंचित, मंद नितंबामुळें,
स्त्रीरूपाची पहिली प्रतिमा हीच विधाता करी!

.२१.

तां जानीथाः परिमितकथां जीवितं मे द्वितीयं
दूरीभूते मयि सहचरे चक्रवाकीमिवैकाम्।
गाढोत्कण्ठां गुरुषु दिवसेष्वेषु गच्छत्सु बालां
जातां मन्ये शिशिरमथितां पद्मिनीं वान्यरूपाम् ॥

ती मम कांता विरही व्याकुळ असेल मितभाषिणी
सहचर जातां वसे अकेली चक्रवाकपक्षिणी
जीवित माझें केवळ दुसरें—वा विरहानें दशा
असेल झाली, तीव्र हिंवानें कोळपते पद्मिनी!

.२२.

नूनं तस्याः प्रबलरुदितोच्छूननेत्रं प्रियाया
निःश्वासानामशिशिरतया भिन्नवर्णाधरोष्ठम् ।
हस्तन्यस्तं मुखमसकलव्यक्ति लम्बालकत्वा-
दिन्दोर्दैन्यं त्वदनुसरणक्लिष्टकान्तेर्बिभर्ति ॥

सतत आसवें गाळुन असतिल नेत्र तिचे ओढले
सतत उसासे उष्ण टाकुनी ओठहि कोमेजले
तळहातावर वदन टेकतां, सैल कुंतलीं लपे,
अभ्राच्छादित सुधाकराचें बिंबच तें झाकलें!

.२३.

आलोके ते निपतति पुरा सा बलिव्याकुला वा
मत्सादृश्यं विरहतनु वा भावगम्यं लिखन्ती ।
पृच्छन्ती वा मधुरवचनां सारिकां पञ्जरस्थां
कच्चिद्भर्तुः स्मरसि रसिके ! त्वं हि तस्य प्रियेति ॥

दिसेल अथवा पूजन करितां भाविकतेनें सती,
चितारीत वा कल्पनेंतली कृश माझी आकृती,
उभी पिंजऱ्यासमोर अथवा पुसत सारिकेप्रतः
तूंहि लाडकी होतिस त्यांची, तुज होते का स्मृती?

.२४.

उत्सङ्गे वा मलिनवसने सौम्य! निक्षिप्य वीणां
मद्गोत्राङ्कं विरचितपदं गेयमुद्गातुकामा ।
तन्त्रीमार्द्रां नयनसलिलैः सारयित्वा कथंचि-
द्भूयोभूयः स्वयमपि कृतां मूर्च्छनां विस्मरन्ती ॥२४॥

वसन जुनें वा नेसुनि वीणा मांडीवर घेउनी
करिते गीताक्षरांत माझ्या नांवाची गुंफणी,
परि तारेवर ओघळतें जल नेत्रांतिल सारखें
पुन्हापुन्हा तें पुसतां विसरे तानांची मांडणी!

.२५.

शेषान्मासान्विरहदिवसस्थापितस्यावधेर्वा
विन्यस्यन्ती भुवि गणनया देहलीदत्तपुष्पैः ।
मत्सङ्गं वा हृदयनिहितारम्भमास्वादयन्ती
प्रायेणैते रमणविरहेष्वङ्गनानां विनोदाः ॥

दिवस मोजिते रचुन फुलांची माळ देहलीवरी
शापकाल किति उरला आतां याची गणना करी,
संगसुखाचीं अथवा चित्रें रेखाटित मानसीं;
रमणी बहुधा असा कंठती काल वियोगांतरी!

.२६.

सव्यापारामहनि न तथा पीडयेन्मद्वियोगः
शङ्के रात्रौ गुरुतरशुचं निर्विनोदां सखीं ते।
मत्संदेशैः सुखयितुमलं पश्य साध्वीं निशीथे
तामुन्निद्रामवनिशयनां सौधवातायनस्थः ॥

दिवस लोटतो, लक्ष राहतें गुंतुनिया तेवढें,
रात्र परी वैरीण वाटते, मन एकांतीं कढे,
झोंप कोठली, असेल पडली जागत जमिनीवरी
सुखवार्ता वद म्हणून रात्रीं बसुनि गवाक्षापुढें!

.२७.

आधिक्षामां विरहशयने संनिषण्णैकपार्श्वां
प्राचीमूले तनुमिव कलामात्रशेषां हिमांशोः ।
नीता रात्रिः क्षण इव मया सार्धमिच्छारतैर्या
तामेवोष्णैर्विरहमहतीमश्रुभिर्यापयन्तीम् ॥

कुशीवरी पहुडली कृशांगी, विरहाची शेज ती
चंद्रकोर वा कलाशेष ती दिसे उमाळ्याप्रती
दीर्घ निशेवर शिंपित अश्रू, आठवुनी त्या निशा,
क्षणांपरी रतिसुखांत गमल्या ज्या माझ्या संगतीं!

.२८.

पादानिन्दोरमृतशिशिराञ्जालमार्गप्रविष्टान्
पूर्वप्रीत्या गतमभिमुखं संनिवृत्तं तथैव ।
चक्षुः खेदात्सलिलगुरुभिः पक्ष्मभिश्छादयन्तीं
साभ्रेऽह्नीव स्थलकमलिनीं न प्रबुद्धां न सुप्ताम् ॥

अमृतशीतल बघुनि चंद्रिका नितळ नभाच्या तळीं
वळे हरखुनी, तोंच साचतें जल नेत्रांच्या दळीं
आर्द्र पापण्या मिटून घेते, झाकळलेल्या दिनीं—
ना फुललेली, ना मिटलेली भूकमलाची कळी!

.२९.

निःश्वासेनाधरकिसलयक्लेशिना विक्षिपन्तीं
शुद्धस्नानात्परुषमलकं नूनमागण्डलम्बम् ।
मत्संभोगः कथमुपनयेत्स्वप्नजोऽपीति निद्रा-
माकाङ्क्षन्तीं नयनसलिलोत्पीडरुद्धावकाशाम् ॥

स्नेहाभावीं रखरखलेले केस कपोलांवरी
अधर–पालवी काजळणारे श्वास सारती दुरी,
स्वप्नीं व्हावें मीलन म्हणुनी निद्रेस्तव आतुरे
परी पापण्या अडवुनि बसती अश्रुजलाच्या सरी!

.३०.

आद्ये बद्धा विरहदिवसे या शिखा दाम हित्वा
शापस्यान्ते विगलितशुचा तां मयोद्वेष्टनीयाम् ।
स्पर्शक्लिष्टामयमितनखेनासकृत्सारयन्तीं
गण्डाभोगात्कठिनविषमामेकवेणीं करेण ॥

फुलांविना कचभार बांधला वियोग आरंभतां
मुक्त व्हायचा मम हातानें विरहदशा संपतां;
भुरभुरणाऱ्या रुक्ष बटा त्या येतां गालांवरी
नखाल बोटें त्रासुन जातिल पुन्हा पुन्हा सारतां!

.३१.

सा संन्यस्ताभरणमबला पेशलं धारयन्ती
शय्योत्सङ्गे निहितमसकृद्दुःखदुःखेन गात्रम् ।
त्वामप्यस्रं नवजलमयं मोचयिष्यत्यवश्यं
प्रायः सर्वो भवति करुणावृत्तिरार्द्रान्तरात्मा ॥

ती कृश दुर्बळ भूषणरहिता, व्यथा मना जाळते
पुन्हा पुन्हा शय्येवर वळते, पाहुनिया दृश्य तें
नव्या जलाचीं तुझ्याहि नेत्रीं ओघळतिल आंसवें
आर्द्रपणासह दया अंतरामधें सदा नांदते!

.३२.

जाने सख्यास्तव मयि मनः संभृतस्नेहमस्मा-
दित्थंभूतां प्रथमविरहे तामहं तर्कयामि ।
वाचालं मां न खलु सुभगंमन्यभावः करोति
प्रत्यक्षं ते निखिलमचिराद्भ्रातरुक्तं मया यत् ॥

जाणतसें मी हृदयामधली गाढ तिच्या भावना
दुःख तिचें पहिल्या विरहांतिल कळतें माझ्या मना;
भाग्य असे हें खरें, परी तें बोलविना अन्यथा
म्हणशिल नयनांनीं निज बघतां—यांत नसे वंचना!

.३३.

रुद्धापाङ्गप्रसरमलकैरञ्जनस्नेहशून्यं
प्रत्यादेशादपि च मधुनो विस्मृतभ्रूविलासम् ।
त्वय्यासन्ने नयनमुपरिस्पन्दि शङ्के मृगाक्ष्या
मीनक्षोभाच्चलकुवलयश्रीतुलामेष्यतीति ॥

केश रोधिती नजर, काजळावाचुन मृगलोचन
मदिराभावें विसरुन गेले भुवयांचें नर्तन,
तवागमाचें भावुनिया शुभ थरथरतिल पापण्या
मत्स्य धावतां जणुं कमलांचें सुरम्य आंदोलन!

.३४.

वामश्चास्याः कररुहपदैर्मुच्यमानो मदीयै-
र्मुक्ताजालं चिरपरिचितं त्याजितो दैवगत्या ।
संभोगान्ते मम समुचितो हस्तसंवाहनानां
यास्यत्यूरुः सरसकदलीस्तम्भगौरश्चलत्वम् ॥

अंक सखीचे—नखक्षतांविन विरही ते बापुडे
मर्दन ज्यांचें या हातानें सुरतानंतर घडे,
नव कदलीचे रसरसलेले कांड गौर गोमटे,
वरी न रशना मोत्यांची, ते स्फुरतिल डावीकडे!

.३५.

तस्मिन्काले जलद ! यदि सा लब्धनिद्रासुखा स्या-
दन्वास्यैनां स्तनितविमुखो याममात्रं सहस्व ।
मा भूदस्याः प्रणयिनि मयि स्वप्नलब्धे कथंचि-
त्सद्यःकण्ठच्युतभुजलताग्रन्थि गाढोपगूढम् ॥

असेल जलदा, जरि मम कांता निद्रेच्या अंकित
रहा घडीभर तसाच तेथें, करूं नको गर्जित
दुर्लभ दर्शन असेल घडलें माझें स्वप्नामधें
तुटतां कंठांतील मिठी ती होइल रे दुःखित!

.३६.

तामुत्थाप्य स्वजलकणिकाशीतलेनानिलेन
प्रत्याश्वस्तां सममभिनवैर्जालकैर्मालतीनाम् ।
विद्युद्गर्भः स्तिमितनयनां त्वत्सनाथे गवाक्षे
वक्तुं धीरः स्तनितवचनैर्मानिनीं प्रक्रमेथाः ॥

तुषारशीतल तव वाऱ्यानें कांतेला जागवीं,
पहाटचें दंव सेवुनि होई प्रफुल्लिता माधवी
चकित होउनी तुला मानिनी बघेल खिडकीमधें
फुलवुनि चपला शब्द तिला मग संथपणें ऐकवी :

.३७.

भर्तुर्मित्रं प्रियमविधवे ! विद्धि मामम्बुवाहं
तत्संदेशैर्हृदयनिहितैरागतं त्वत्समीपम् ।
यो वृन्दानि त्वरयति पथि श्राम्यतां प्रोषितानां
मन्द्रस्निग्धैर्ध्वनिभिरबलावेणिमोक्षोत्सुकानि ॥

केशबंध सोडण्या स्त्रियांचे अधीर जे अंतरीं
त्या पांथांची मधु शब्दांनीं पाठवणी जो करी
तोच मेघ मी — सांग प्रियेला — तुझ्या पतीचा सखा,
सुवासिनी हे, निरोप घेउनि आलों तुझिया घरीं.

.३८.

इत्याख्याते पवनतनयं मैथिलीवोन्मुखी सा
त्वामुत्कण्ठोच्छ्वसितहृदया वीक्ष्य संभाव्य चैवम् ।
श्रोष्यत्यस्मात्परमवहिता सौम्य ! सीमन्तिनीनां
कान्तोदन्तः सुहृदुपनतः संगमात्किंचिदूनः ॥

हें वदतां, ती बघेल वरती आतुर उत्कंठिता
अशोकवनिकेमधें जानकी जशी अंजनीसुता,
जीवन अवघें जमेल कानीं शब्द तुझा ऐकण्या
भेट गमे संदेश सतींना — थोडीशी न्यूनता!

.३९.

तामायुष्मन् ! मम च वचनादात्मनश्चोपकर्तुं
ब्रूयादेवं तव सहचरो रामगिर्याश्रमस्थः ।
अव्यापन्नः कुशलमबले ! पृच्छति त्वां वियुक्तः
पूर्वाभाष्यं सुलभविपदां प्राणिनामेतदेव ॥

नाथ तुझा — तिज सांग उदारा — रामगिरीवर वसे
मरणासम त्या वियोग हा, सुखरूप तरीही असे
आहे ना तव कुशल पुसे तो — कृतार्थ होशिल घना, —
आपत्काळीं प्रथम जनांना अन्य पुसावें कसें ?

.४०.

अङ्गेनाङ्गं प्रतनु तनुना गाढतप्तेन तप्तं
सास्रेणाश्रुद्रुतमविरतोत्कण्ठमुत्कण्ठितेन ।
उष्णोच्छ्वासं समधिकतरोच्छ्वासिनादूरवर्ती
संकल्पैस्तैर्विशति विधिना वैरिणा रुद्धमार्गः ॥

दैव साधतें वैर म्हणोनी दूर राहणें पडे
विरहीं झुरतों जळतो, पडती नित अश्रूंचे सडे
करुनि कल्पना विविध मनोमय देहलतेशीं तुझ्या
या देहानें मीलित व्हावें, छंद एक हा जडे !

.४१.

शब्दाख्येयं यदपि किल ते यः सखीनां पुरस्ता-
त्कर्णे लोलः कथयितुमभूदाननस्पर्शलोभात् ।
सोऽतिक्रान्तः श्रवणविषयं लोचनाभ्यामदृष्ट-
स्त्वामुत्कण्ठाविरचितपदं मन्मुखेनेदमाह ॥

रहस्य नसतां, जें न कथावें सख्यांपुढें येउन
कानगुजे जो उगाच, होण्या गालाशीं मीलन
श्रवण–दृष्टिच्या पलीकडे तो—अधीरतेंने तुला
मम वाणींने कळवित आहे व्यथित आपुलें मन.

.४२.

श्यामास्वङ्गं चकितहरिणीप्रेक्षणे दृष्टिपातं
वक्त्रच्छायां शशिनि शिखिनां बर्हभारेषु केशान् ।
उत्पश्यामि प्रतनुषु नदीवीचिषु भ्रूविलासान्
हन्तैकस्मिन्क्वचिदपि न ते चण्डि ! सादृश्यमस्ति ॥

लता दाविते कोमलता तव, शशांक मुखमंडल,
मोरपिसारा पाहुन म्हणतों हेच तिथे कुंतल,
जललहरींतुन भ्रूनर्तन तव, कटाक्ष मृग दाविती,
हन्त दिसेना पूर्ण आकृती कुठेंहि ती कोमल!

.४३.

त्वामालिख्य प्रणयकुपिता धातुरागैः शिलाया-
मात्मानं ते चरणपतितं यावदिच्छामि कुर्तुम् ।
अस्रैस्तावन्मुहुरुपचितैर्दृष्टिरालुप्यते मे
क्रूरस्तस्मिन्नपि न सहते संगमं नौ कृतान्तः ॥

रुसलेली तूं — तव चरणाशीं मी करितों याचना —
कधीं शिळेवर चितारण्याला बसतों ही कल्पना
तोंच लोटतें जल नेत्रांतुन, नजरेला अंधता
नशीब निर्दय भेट आपुली तेथेंही साहिना!

.४४.

मामाकाशप्रणिहितभुजं निर्दयाश्लेषहेतो-
र्लब्धायास्ते कथमपि मया स्वप्नसंदर्शनेषु ।
पश्यन्तीनां न खलु बहुशो न स्थलीदेवतानां
मुक्तास्थूलास्तरुकिसलयेष्वश्रुलेशाः पतन्ति ॥

कधीं सुदैवें होतें मजला स्वप्नीं तव दर्शन
धडपडती कर अवकाशांतुन देण्या आलिंगन
वनदेवी मम दीन दशा ती पाहुन व्याकूलती
मोत्यांसम जल पर्णावरतीं पडतें नेत्रांतुन!

.४५.

धारासिक्तस्थलसुरभिणस्त्वन्मुखस्यास्य बाले
दूरीभूतं प्रतनुमपि मां पञ्चबाणः क्षिणोति ।
धर्मान्तेऽस्मिन्विगणय कथं वासराणि व्रजेयु-
र्दिक्संसक्तप्रविततघनव्यस्तसूर्यातपानि ॥४५॥

भिजल्या भूमीपरी सुगंधी वदनाची माधुरी
दूर असे, पण दाह जिवाचा मन्मथ माझ्या करी
शिणलेली विरहानें काया, परी न त्याला दया
झाकळलेले दिन ग्रीष्माचे कसे जायचे तरी!

.४६.

भित्त्वा सद्यः किसलयपुटान्देवदारुद्रुमाणां
ये तत्क्षीरस्रुतिसुरभयो दक्षिणेन प्रवृत्ताः ।
आलिङ्ग्यन्ते गुणवति ! मया ते तुषाराद्रिवाताः
पूर्वं स्पृष्टं यदि किल भवेदङ्गमेभिस्तवेति ॥

किसलय सेवुन सरलतरूंचा सुगंध जे वाहती
हिमाचलांतिल येतां वारे दक्षिण देशाप्रती,
त्या लहरींना बाहुपाश पसरोनी कवटाळितों
असेल झाला कारण त्यांना स्पर्श तुझा गुणवती!

.४७.

संक्षिप्येत क्षण इव कथं दीर्घयामा त्रियामा
सर्वावस्थास्वहरपि कथं मन्दमन्दातपं स्यात् ।
इत्थं चेतश्चटुलनयने ! दुर्लभप्रार्थनं मे
गाढोष्माभिः कृतमशरणं त्वद्वियोगव्यथाभिः ॥

युगाप्रमाणें गमती रात्री, होतिल त्यांची पळें?
शमेल का दिवसाचा वणवा ज्यांत जीव हा जळे?
मृगजल सेवावयास माझें मानस धावे असें
अगतिक झालों चंचलनयने, तुझ्या वियोगामुळें!

.४८.

नन्वात्मानं बहु विगणयन्नात्मनैवावलम्बे
तत्कल्याणि ! त्वमपि नितरां मा गमः कातरत्वम् ।
कस्यात्यन्तं सुखमुपनतं दुःखमेकान्ततो वा
नीचैर्गच्छत्युपरि च दशा चक्रनेमिक्रमेण ॥

धीर मनाला देउनि करतों सहन सखे ही निशा
होउं नको तूं हताश—उगवे अंधारांतुन उषा
कुणास लाभे सौख्य चिरंतन, कुणास वा आपदा?
चक्रगतीनें खालींवरतीं सुखदुःखांच्या दशा!

.४९.

शापान्तो मे भुजगशयनादुत्थिते शार्ङ्गपाणौ
        शेषान्मासान् गमय चतुरो लोचने मीलयित्वा ।
पश्चादावां विरहगुणितं तं तमात्माभिलाषं
        निर्वेक्ष्यावः परिणतशरच्चन्द्रिकासु क्षपासु ॥

जागृत होतां हरि शेषावर शापकाल हा सरे,
कसेतरी हे चार मास कर धीरानें साजरे,
        वियोगकालीं मधुर मनोरथ रचले जे मानसीं
प्रफुल्ल शरदांतील चांदण्यामधें करूं ते पुरे!

.५०.

भूयश्चाह त्वमपि शयने कण्ठलग्ना पुरा मे
        निद्रां गत्वा किमपि रुदती सस्वनं विप्रबुद्धा ।
सान्तर्हासं कथितमसकृत्पृच्छतश्च त्वया मे
        दृष्टः स्वप्ने कितव ! रमयन्कामपि त्वं मयेति ॥

आठवते का, होतिस निजली हात गळां घालुनी
जाग अचानक आली, गळले अश्रू डोळ्यांतुनी
        खोदखोदुनी पुसतां तुजला, लाजुनिया सांगसी
स्वप्निं पाहिली कवेंत तव मीं अन्य खला, कामिनी!

.५१.

एतस्मान्मां कुशलिनमभिज्ञानदानाद्विदित्वा
मा कौलीनाच्चकितनयने ! मय्यविश्वासिनी भूः ।
स्नेहानाहुः किमपि विरहे ध्वंसिनस्ते त्वभोगा-
दिष्टे वस्तुन्युपचितरसाः प्रेमराशीभवन्ति ॥

कळेल माझें कुशल, खूण ही दोघांतिल जाणतां
प्रवाद कांही असतो, न ठेवीं हृदयीं साशंकता
स्नेहबंधनें विरत वियोगीं म्हणती, पण ना खरें
दुरावण्यानें अधिक वाढते प्रीतीची गाढता!

.५२.

आश्वास्यैवं प्रथमविरहोदग्रशोकां सखीं ते
शैलादाशु त्रिनयनवृषोत्खातकूटान्निवृत्तः ।
साभिज्ञानप्रहितकुशलैस्तद्वचोभिर्ममापि
प्रातः कुन्दप्रसवशिथिलं जीवितं धारयेथाः ॥

या शब्दांनीं तिजला मित्रा, करूनि आश्वासित
परत पुन्हा ये हिमालयाहुन, वेगानें वाहत
संकेतासह तिचेंहि कळवीं कुशल मला येउनी
उषःकालच्या कुंदापरि मज मिळेल नव जीवित!

.५३.

कच्चित्सौम्य ! व्यवसितमिदं बन्धुकृत्यं त्वया मे
प्रत्यादेशान्न खलु भवतो धीरतां कल्पयामि ।
निःशब्दोऽपि प्रदिशसि जलं याचितश्चातकेभ्यः
प्रत्युक्तं हि प्रणयिषु सतामीप्सितार्थक्रियैव ॥

करशिल ना हें कार्य व्हावया सुखी तुझा बांधव?
अबोल असती, न मी मानितों यांत अनिच्छा तव
देसी जीवनदान चातकां ना करितां वल्गना
उत्तर देती सुजन कृतीनें—हें त्यांचे गौरव!

.५४.

एतत्कृत्वा प्रियमनुचितप्रार्थनावर्तिनो मे
सौहार्दाद्वा विधुर इति वा मय्यनुक्रोशबुद्ध्या ।
इष्टान्देशाञ्जलद ! विचर प्रावृषा संभृतश्री-
र्मा भूदेवं क्षणमपि च ते विद्युता विप्रयोगः ॥

मीच जाणतों अनुचित माझी मित्रा, ही प्रार्थना
परी मनाला देत दिलासा स्नेहाची भावना
वर्षावैभव मिळवुनि नंतर चपलेसह हो रत
तुझ्या ललाटीं कधीं नसो ही विरहाची वेदना!

विशेष संदर्भ

पूर्वमेघ

१ **रामगिरी** — नागपुराजवळील हल्लींचा रामटेक नावाचा पर्वत. काही विद्वानांच्या मते रामगिरि म्हणजे मध्यप्रांतातील रामगड या नावाने प्रसिद्ध असलेली टेकडी.

१६ **माळ** — प्रो. वुइल्सन या पंडिताच्या मते छत्तीसगड जिल्ह्यातील रतनपूर या गावाच्या जरा उत्तरेला असलेले ‘माल्डा’ हे गाव. मल्लिनाथाने आपल्या टीकेत-‘माल’ नावाचे एक उंच ठिकाण असावे असे म्हटले आहे.

१७ **आम्रकूट** — नर्मदा नदीचे उगमस्थान असलेला हल्लीचा ‘अमरकण्टक’ पर्वत. याच्या शिखरावर आंब्याची वने आहेत.

२३ **दशार्ण** — माळव्याचा पूर्वभाग, हल्लीचा छत्तीसगड जिल्हा.

२४ **वेत्रवती** — हल्लीची बेटवा नदी.

२५ **नीचय पर्वत** — नीचैःगिरि = भिल्साजवळील एक लहान टेकडी.

२६ **राननदी** — वननदी (मूळ मेघदूतातील).

२८ **निर्विन्ध्या** — विन्ध्य पर्वतातून निघालेली एक नदी.

२९ **सिन्धु** — चंबळला मिळणारी माळव्यातील नदी.

३० **वत्सपति** — कौशांबीचा पराक्रमी व उदार राजा उदयन.

३३ **गंधवती** — माळव्यातील एक नदी.

३४ **महाकाल** — उज्जयिनीतील प्रसिद्ध शिवालय

३६ **गजचर्म** — शंकराने गजासुर नावाच्या दैत्यास मारले व त्याचे कातडे अंगावर पांघरून तांडवनृत्यास आरंभ केला अशी कथा आहे.

४० **गंभीरा** — माळव्यातील एक नदी.

४२ **देवगिरी** — झाशीच्या नैर्ऋत्य दिशेला असलेला देवगड.

४३ **कार्तिकेय** — तारकासुराचा वध करून इंद्राचे रक्षण करणारा, आणि स्कंद, गांगेय, अग्निभू इत्यादी नावांनी उल्लेखिला जाणारा शिवपुत्र. शंकराचे वीर्य अग्नीच्या मुखांत पडून तो जन्माला आला म्हणून तो अग्निज.

४५ **चंबळा** — चर्मण्वती (मूळ मेघदूतातील) हल्लीची 'चंबळ' नदी. प्राचीन काळात रान्तिदेव या राजाने शेकडो गोयज्ञ केले. त्यावेळी रक्तामांसाचे पाट वाहिले! त्यातून या नदीचा जन्म झाला असे म्हणतात. त्यामुळे तिला 'चर्मण्वती' हे नाव पडले.

रन्तिनृप — भारतवंशातील एक विख्यात राजा.

४७ **दशपुर** — पश्चिम माळव्यात असलेले हल्लीचे 'मंदसुर' जिल्ह्याचे ठिकाण.

४८ **ब्रह्मावर्त** — कुरुक्षेत्राला लागून असलेला व हस्तिनापुराच्या वायव्य दिशेला असलेला पवित्र प्रदेश.

५५ **शिवचरणाची खूण** — (श्रीचरणन्यास) हरद्वाराजवळील एक टेकडी. हल्लीही तिला 'हरकी पायरी' या नावाने संबोधले जाते.

५७ **क्रौंचगिरींतील रन्ध्र** — हिमालयातील एक खिंड. परशुरामाने कैलासातून दक्षिणेकडे जाण्यासाठी बाण सोडून हा मार्ग काढिला, अशी कथा.

उत्तरमेघ

३ **तिथें असावें** — हा श्लोक मल्लिनाथाने प्रक्षिप्त मानलेला आहे.

१६ **अशोक–बकुल** — युवतीच्या डाव्या पायाच्या प्रहाराने अशोक व तिच्या मुखातील मद्याच्या चुळीने बकुल फुलतो असा संकेत आहे.

४५ **भिजल्या भूमीपरी** — मुळातील श्लोक टीकाकारांच्या मते प्रक्षिप्त आहे.

४९ **जागृत होतां हरी इ.** — आषाढ शुद्ध एकादशीला विष्णु योगनिद्रेस आरंभ करतात व कार्तिकी एकादशीस जागे होतात.